U0142527

漢音注音符號系統

閩南語篇

鄭煌榮／著

五南圖書出版公司 印行

作者簡介

鄭煌榮

學歷：國立屏東大學（原省立屏東師
　　　專）畢業
　　　國立成功大學中文系畢業
　　　中國醫藥大學（八十年中特班
　　　結業）
經歷：小學教師十九年
　　　中醫師二十六年（天仁中醫診
　　　所院長）
　　　省立台南一中國樂社指導老師
　　　台南市文化中心青少年國樂團
　　　指導老師
　　　台南市立教師國樂團負責教師

台南市立民族管弦樂團總幹事
台南市民族音樂學會常務理事
台灣南區大專院校國樂研習營
指導老師
台灣中醫男科學會一、二、三
屆理事
台南市鳳凰詩詞吟唱社社長
鄭煌榮新閩南語音標暨漢音研
究室FB粉專

自　序

　　2018年冬，余同窗摯友，成大古典詩學大師吳榮富教授遺霜張月華，向吾提及老友本想退休後，有回鄉下海尾寮教授漢音的心願，卻不及實現。余自幼對漢音略有學習，但已荒廢幾十年光陰，因汝等盼我教授古典詩詞吟唱，成立了台南市鳳凰詩詞吟唱社，在成大華語中心雅集。

　　因古典詩詞吟唱以漢音（中古音）為主，如吟唱詩經，則須牽涉到上古音，無法全以現代音吟唱。但閩南語的音標及羅馬拼音，難學又有音差問題，據報上報導，政府推行十七

年國中小閩南語，卻成效不佳。

　　於是思考，如果閩南語（台語）有如國語音標可供正確快速學習，問題可迎刃而解。2019年初完成漢音音標初稿，爾後進行古典詩詞漢音注音及閩南語（台語）注音，確認可行，於是付梓。

　　冀望此漢音音標，對閩南語（台語）的學習有所助益。對古典詩的研究及吟唱亦如是。

　　在此並感謝恩師趙伯雲教授，授與國語原始音標。

　　　　　　鄭煌榮　謹識于府城
　　　　　　二〇一九、十二、十七

目　錄

緒　言

　　漢字的音韻，古有《廣韻》、《切韻》等韻書，以反切爲主。直至民國時代，訂定了全國統一的注音符號，易學易懂，而後爲適應世界潮流，與世界接軌，使外國人易學習中文、國語，增加了羅馬拼音。

　　在閩南語、台語及客家語部分，因含有大量的中原古音韻，尤其對古典詩詞的學習及寫作，有很大的助益。但閩南語部分，除了反切韻書及羅馬拼音外，缺乏完整如國語注音符號系統，可供學習。

　　拙參考了部頒標準國語注音符號及沈富進《增補彙音寶鑑》的反切聲韻，由國語注音符號來擴展，找出可以適用於閩南語的聲符、韻符，及配上八聲聲調注法，完成漢音注音符號系統——閩南語篇，可供閩南語、台語的拼音學習之用，簡而易學及發音正確。

論漢音音標八聲

　　漢音（閩南語、台語）八聲，分為上平、上上、上去、上入、下平、下上、下去、下入。即清音上，分平上去入，濁音下，分平上去入，共八聲。

　　上平、下平屬平聲，其餘屬仄聲。

　　聲調注法，沈富進《增補彙音寶鑑》及吳守禮教授《台語正字》八聲聲調注法（請參閱國語音標四聲與漢音音標八聲注法對照表），漢學大

師林正三《閩南語聲韻學》有詳述八聲，但以第一聲至第八聲表示之。

古聲韻學以反切爲主，不若現代國語注音，註明四聲聲調，容易學習。漢音八聲聲調是可註明，以合乎語言學及容易分辨爲要。

今列出八聲注法：

第一聲一　　　第五聲Ｖ（⌐）

第二聲ㄟ（ㄨ）　第六聲ㄟ（Ｖ）

第三聲∧　　　第七聲┐

第四聲·　　　第八聲。

論漢音八聲注法

漢音音標 第一聲 （上平）	一	與國語音標第一聲同，可不標示。
漢音音標 第二聲 （上上）	㇏	由於尾清音逐漸消失或消失，故注法如國語音標去聲注法。
漢音音標 第三聲 （上去）	∧	以倒上標示。

漢音音標 第四聲 （上入）	．	如國語音標輕聲注法。
漢音音標 第五聲 （下平）	∨	相對於國語音標第二聲陽平╯，注法如國語音標上聲注法。
漢音音標 第六聲 （下上）	╲	由於尾濁音逐漸消失或消失，注法與漢音音標第二聲同。（消失的第六聲與尾音消失或縮短有關，大部分歸入第二聲，少部分轉入第七聲）

漢音音標　　　　へ　　以平上標示。
第 七 聲
（下去）

漢音音標　　　。　　重 濁 音 ， 以
第 八 聲　　　　　「。」標示。
（下入）

⊙國語音標四聲與漢音音標八聲注法對照表

國語四聲　　　　　　　漢音八聲

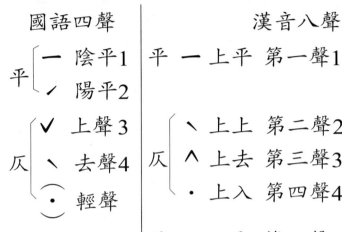

平 [一 　陰平1　　　平 一 上平　第一聲1

　　✓ 　陽平2

　　　✓ 　上聲3　　　　　 ╲ 上上　第二聲2 ✓　╲

仄 [　╲ 　去聲4　　　仄 [∧ 上去　第三聲3 ╲　乚

　　　(·) 輕聲　　　　　　· 上入　第四聲4　　ㄅㄣㄍㄏ

　　　　　　　　　　　平 ∨ 下平　第五聲5 ∧　✓

　　　　　　　　　　　　 ╲ 下上　第六聲6 ✓　╲

　　　　　　　　　　仄 [ㄱ 下去　第七聲7 一　卜

　　　　　　　　　　　　 。 下入　第八聲8 丨　广

（部頒標準）

（吳守禮《台語正字》注法）

（沈富進《增補彙音寶鑑》注法）

（林正三《閩南語聲韻學》注法）

論國語音標四聲與漢音音標八聲的關係

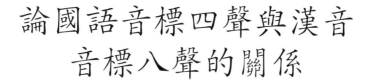

　　國語音標四聲爲陰平、陽平、上聲、去聲（另含輕聲，即入聲）。

　　陰平、陽平（第一聲、第二聲）屬平聲，上聲、去聲（第三聲、第四聲）及輕聲屬仄聲。

(1) 國語音標第一聲（陰平）

　　相對於漢音音標第一聲（上平），並含部分第四聲（上入）。

(2) 國語音標第二聲（陽平）

　　相對於漢音音標第五聲（下平），並含部分第四聲（上入），第

八聲（下入）。

(3) 國語音標第三聲（上聲）

相對於漢音音標第二、六，三、七，四、八聲，並含部分第一聲（上平），第五聲（下平）。

(4) 國語音標第四聲（去聲）

相對於漢音音標第二、六，三、七，四、八聲。

(5) 國語音標輕聲

相對於漢音音標第四聲（上入），並含部分第一、五，二、六，三、七聲。

註：以上為統計所得資料，提供參考。

論國語音標聲母與
漢音音標聲母

　　國語音標21個聲母，含ㄅㄆㄇㄈ
ㄉㄊㄋㄌㄍㄎㄏㄐㄑㄒ及捲舌韻ㄓㄔ
ㄕㄖ，擦聲韻ㄗㄘㄙ，其中恢復同是
ㄇㄋ出鼻聲的兀聲母及不捲舌的倒ㄓ
韻帀（j）聲母，再加上國語聲母所
無，漢音特有的濁聲聲母（發聲時堵
住鼻音）：

　　　　ㄇ→ㄇ（b）聲母
　　　　兀→兀（g）聲母

　　共25個聲母，則可涵蓋漢音聲母
15個而用之。

論國語音標韻母與漢音音標韻母

　　國語音標16個韻母，含ㄚㄛㄜㄝ
ㄞㄟㄠㄡ　ㄢㄣㄤㄥ　ㄦ　ㄧㄨㄩ。

　　漢音音標韻母從《增補十五音》
30個，至《增補彙音寶鑑》45個，或
加上複韻的鼻化韻共78個，較爲複
雜。

　　今以單韻的鼻化韻（出鼻聲）爲
基礎，只增加ㄚㄛㄝㄧ4個單韻的鼻
化韻母ㄚ̇ㄛ̇ㄝ̇ㄧ̇，再加上收口韻，倒
山形的ㄇ（m）韻母，共21個韻母，

則可涵蓋漢音韻母而用之。

註：運用時，複韻中的鼻化韻，例如ㄚ→ㆩ則直接標注ㄞ。

　　至於ㄥ韻，國語注音以拼音來決定ㆯㄥ及ㆦㄥ。而漢音ㄥ韻卻明顯分出ㆯㄥ韻及ㆦㄥ韻，另有ㄝ韻大部分已轉化成一ㄥ韻，姑且不論。

　　ㆯㄥ韻或可用ㆯㄥ或ㄨㄥ表示之，ㆦㄥ韻則以ㄥ表示之。

　　以上由國語注音聲母增加4個及韻母增加6個，成為漢音聲韻母，簡而易學，可注漢音（含閩南語、台語），且發音比羅馬拼音標準。

◉ 國語注音符號和漢音注音符號
綜合圖表

ㄅ ㄉ ㄍ ㄐ │ ㄓ ㄗ ‖ ㄚ ㄚ ㄞ ㄢ ㄦ
ㄆ ㄊ ㄎ ㄑ │ ㄔ ㄘ ‖ ㄛ ㄛ ㄟ ㄣ ㄧ
ㄇ ㄇ ㄋ ㄫ ㄫ │ ㄕ ㄙ ‖ ㄜ 　 ㄠ ㄤ ㄨ
ㄈ ㄌ ㄏ ㄒ │ ㄖ ㄭ ‖ ㄝ ㄝ ㄡ ㄛ ㄥ ㄩ
　　　　　　　　　　　　　　　　　　　ㄇ

聲母21＋4　　韻母16＋6

聲韻母合計37＋10

　　　　　　註：漢音注音符號由國語注音符號擴展而成。

語音比較
（以「三」字發音爲例）

◎「三」

① 閩南語　ㄙㄚ

② 漢　音　ㄙㄚㄇ（鼻化韻消失，轉成收
　　　　　聲隨韻ㄇ）

③ 客家語　ㄙㄚㄇ（只聲調轉變）

④ 東洋語　ㄙㄚㄇ（只聲調轉變）

⑤ 蘇州話　ㄙㄝ（鼻化韻ㄚ轉成ㄝ）

⑥ 國　語　ㄙㄢ（尾韻m轉成n）

　　由此類推比較，可了解聲母及韻
母的轉變。語音的轉化，是演進與融

合的過程，也可由此去做進一步的探討。

◎語音比較（對照表）

	國語	（台語）閩南語	漢音	東洋語	客家語	蘇州話
1	一	一	ㄐㄧㄣ。	一ㄣˋ	ㄧㄣ· ㄐㄧˋ		
2	二	ㄦ	ㄌㄧㄥ	ㄦㄧ	ㄋㄧ		
3	三	ㄙㄢ	ㄙㄚˋ	ㄙㄚㄇ	ㄙㄚㄇ	ㄙㄚㄇ	ㄙㄝˋ
4	四	ㄙˋ	ㄒㄧˆ	ㄙㄨˆ	ㄒㄧˆ		
5	五	ㄨˇ	ㄞㄛ	ㄞㄛ	ㄞㄛ		

	東洋語	漢音	（台語）閩南語	國語	
6	ㄌㆲˊ ㄎㄨ ㄒㄧㄣ˙ ㄐㄧ ㄏㄢㆰˊ ㄐㄧㄎㆬㄨ ㄐㄨ	ㄌㆲˊ	ㄌㄤ˙	ㄌㄧㄡ	六
7	ㄑㄧㄣ	ㄑㄧㄣ˙	ㄑㄧ	七
8	ㄅㄢ ㄍㄠˋ ㄚㄚㆤ˙	ㄅㄨㄝ˙	ㄅㄚ	八
9	ㄍㄠˊ	ㄍㄠˊ	ㄐㄧㄡˇ	九
10	ㄒㄧㆬ	ㄒㄧㆬ	ㄕˊ	十

小　結

　　國語注音符號由古漢字篆體等演變而來，學習國語注音符號，它有著很深厚的文化底蘊，不同於學習羅馬拼音，一般是外籍人士學習國語文的短期學習而用，對於中華文化是無法深入的。

　　漢音注音符號由國語注音符號擴展而來，除了可以完整的運用外，相同地，也能深入中華文化內涵，尤其是研究及了解古漢音及對古典詩詞的平仄、押韻，更能有所了解，並可了解古代漢語至現代漢語的演進軌跡。

兩個注音符號系統，也能達到完美的聯結。

　　使用閩南語，含閩、浙、粵、台及南洋地區星、馬，有一億多人口，如果學習過國語注音符號系統的華人，進一步來學習漢音注音符號，則來得容易。

　　使用閩南語、台語區域的華人更須要，也必要來學習漢音音標。致於使用羅馬拼音來學習閩南語、台語，也是提供給外籍人士學習之用的（況且還有音差的問題）。如果外籍人士已有學習國語注音符號的基礎，則可以直接學習漢音音標，更來得貼切。

閩南語、台語、客家語含有大量的古漢音，是有其歷史淵源的，在此不加贅述。

　　至於此漢音注音符號系統（閩南語篇），除了閩南語、台語的運用外，或可運用於客家語的拼音，若加上「万」（V）聲母，或可運用在蘇州話，此有待先進人士去加以研究。

八聲練習

清（上）				濁（下）			
1	2	3	4	5	6	7	8聲
君	滾	棍	骨	群	滾	郡	滑
東	董	凍	督	同	董	洞	毒
獅	虎	豹	鱉	猴	狗	象	鹿
衫	短	褲	闊	儂	矮	鼻	直
車	嬌	屑	闊	儂	穩	路	狹

注《增補彙音寶鑑》 —— 聲母

十五聲母

柳^ㄌ里　邊^ㄅ比　求^巛己　去^丂起　地^ㄉ底　頗^夊鄙

l　　　p　　　k　　　kh　　　t　　　ph

他^ㄊ恥　曾^ㄐ止　入^帀耳　時^厶始　英^一椅　門^{ㄇ(同)}美

th　　ch　　j　　　s　　　i　　　b

語^{兀(兀)}語　出^ㄑ取　喜^ㄏ喜　（查^ㄗ）　（ㄑ　　ㄒ）

g　　chh　　h　　　ts　　chhi　si

註（一）：《增補彙音寶鑑》所列十五聲母及四十五
　　　　韻母，以下注上漢音音標於旁，以供練
　　　　習。

註（二）：

轉化音
┌ ㄗ→ㄐ
├ ㄘ→ㄑ　　　　（標注時，則直接標注ㄐㄑㄒ）
└ ㄙ→ㄒ

┌ ㄝ→ㆦ　英ㆦ　明ㄇㆦ
├ ㆤ→ㄨㄝ　鍋ㄨㄝ
└ ㆧㄢ→ㄨㄢ　彎ㄨㄢ

註（三）：

┌ ㄇ（ㄇ）
└ ㄫ（ㄫ）

聲母取決於鼻化韻及聲隨韻的變化而定。

注《增補彙音寶鑑》——韻母

四十五韻母

ㄨㄣ 君溫	ㄧㄢ 堅淵	ㆪ 金音	ㄨㄧ 規威	ㆤ 嘉挨
ㄢ 干安	ㆲ 公翁	ㄨㄞ 乖歪	ㄧㄥ 經英	ㄨㄢ 觀寬
ㆦ 沽烏	ㄧㄠ 嬌妖	°ㄧ 栀尸	ㆦㄥ 恭雍	ㄜ 高羔
ㄞ 皆哀	ㄧㄣ 巾因	ㄧㄤ 姜殃	ㆰ 甘庵	ㄨㄚ 瓜蛙
ㄤ 江翁	ㄧㆰ 兼掩	ㄠ 交甌	ㄚ 迦居	ㄨㆤ 檜礚
°ㄚ 監嘁	ㄨ 龜污	ㄚ 膠亞	ㄧ 居衣	ㄧㄨ 丩憂
°ㆤ 更嬰	ㄥ 禪秧	ㆦ 茄腰	°ㄧㄨ 薑鴦	ㄨ°ㄚ 官鞍

ㆦ 姑 嗡　ㄨㄤ 光 囖　ㄇ 姆 唔　ㄨㄞ 糜 ㄐ　ㄞ 閑 嗅

ㄠ 嗥 嚙　ㆤㄇ 篏 匰　ㄠ 爻 坳　ㄧㄚ 驚 腰　ㄨㆤ 嘓 威

韻母八聲練習（一）

第一聲	第二聲	第三聲	第四聲	第五聲	第六聲	第七聲	第八聲
丶	ˆ	˙	ˇ	丶	˥		◦
ㄍㄨㄣ 君	滾	棍	骨	群	滾	郡	滑
ㄍㄧㄢ 堅	蹇	見	結	乾	蹇	健	傑
ㄍㄧㆬ 金	錦	禁	急	（空音）	錦	妗	及
ㄍㄨㄧ 規	鬼	季	（空音）	葵	鬼	櫃	（空音）
ㄍㆤ 嘉	假	嫁	骼	枷	假	易	逆
ㄍㄢ 干	柬	諫	葛	（空音）	柬	（空音）	（空音）
ㄍㆲ 公	廣	貢	國	狂	廣	狂	咯
ㄍㄨㄞ 乖	拐	怪	（空音）	（空音）	拐	（空音）	（空音）
ㄍㄧㄥ 經	景	徑	格	鯨	景	勁	極
ㄍㄨㄢ 觀	琯	貫	适	權	琯	縣	糜

韻母八聲練習（二）

漢音注音符號系統——閩南語篇

	第一聲	第二聲 、	第三聲 ^	第四聲 ·	第五聲 ˇ	第六聲 、	第七聲 ˥	第八聲 。
ㄍㆦ	沽	古	固	(空音)	糊	古	怙	(空音)
ㄍㄧㄠ	嬌	皎	叫	勪	橋	皎	轎	噭
ㄍㄧ	梔	((空音))	見	((空音))	乾	((空音))	((空音))	((空音))
ㄍㄩㄥ	恭	拱	供	菊	窮	拱	共	局
ㄍㄜ	高	果	告	閣	翱	果	膏	((空音))
ㄍㄞ	皆	改	介	(空音)	個	改	((空音))	(空音)
ㄍㄧㄣ	巾	謹	艮	吉	炘	謹	近	糭
ㄍㄧㄤ	姜	襁	((空音))	腳	強	襁	倞	躩
ㄍㄚㆬ	甘	敢	監	蛤	菳	敢	鑑	鉿
ㄍㄨㄚ	瓜	卨	卦	嘓	檁	卨	粿	聒

韻母八聲練習（三）

	第一聲	第二聲	第三聲	第四聲	第五聲	第六聲	第七聲	第八聲
	丶	^	·	∨	丶	˥	○	
《ㄤ	江	港	降	角	踍	港	共	磔
《丫ㄇ	兼	減	劍	俠	甜	減	鑣	馺
《ㄠ	交	狡	教	餃	猴	狡	厚	((空音))
《ㄚ	迦	((空音))	寄	莢	伽	((空音))	崎	屐
《ㄨㄝ	檜	粿	燴	刮	葵	粿	跱	燴
《。ㄚ	監	敢	酵	((空音))	擥	敢	((空音))	(空音)
《ㄨ	龜	韮	句	歁	鎳	韮	舊	(空音)
《ㄚ	膠	絞	教	甲	((空音))	絞	齩	澉
《一	居	己	記	築	其	己	具	朅
《一ㄨ	ㄐ	久	救	嚼	求	久	舊	吷

韻母八聲練習（四）

第一聲	第二聲	第三聲	第四聲	第五聲	第六聲	第七聲	第八聲
、	＾	．	∨	、	７		。
《ㄝ 更	耕	徑	啞	嚘	耕	咦	砸
《ㄥ 禈	捲	券	《空音》	咗	捲	《空音》	（空音）
《ㄧㄛ 茄	皦	叫	腳	橋	皦	蕎	《空音》
《ㄨ 薑	《空音》	《空音》	《空音》	強	《空音》	譻	（空音）
《ㄨㄚ 官	寡	觀	（空音）	寒	寡	汗	（空音）
《ㆦ 姑	《空音》	《空音》	《空音》	《空音》	《空音》	《空音》	《空音》
《ㄨㄤ 光	《空音》	《空音》	《空音》	（空音）	《空音》	《空音》	吷
ㄇ 姆（嘸）	姆	（空音）	（空音）	蕾	姆	不	（空音）
《ㄨㄞ 糜（關）	夬	《空音》	跌	《空音》	夬	骱	呢
《ㄞ 閒	醢	嘥	擝	間	醢	《空音》	（空音）

韻母八聲練習（五）

第一聲	第二聲`	第三聲^	第四聲˙	第五聲ˇ	第六聲`	第七聲㇀	第八聲。
嗅	蹻	噭	嘸	（空音）	（空音）	嶠	（空音）
箴	（空音）	（空音）	磬	（空音）	（空音）	澥	爁
叐（鮫）	（空音）	（空音）	（空音）	喉	（空音）	（空音）	（空音）
驚	囝	鏡	（空音）	符	囝	件	（空音）
𠙶	（空音）	（空音）	（空音）	葵	（空音）	（空音）	（空音）

漢音注音舉例

春（ㄔㄨㄣ）　曉（ㄒㄧㄠ）

孟浩然

春（ㄔㄨㄣ）　眠（ㄇㄧㄢ）　不（ㄈㄨ）（ㄅㄨˋ）　覺（ㄍㄠˋ）　曉（ㄒㄧㄠ），

處（ㄔㄨˋ）　處（ㄔㄨˋ）　聞（ㄇㄧㄣ）　啼（ㄊㄧ）　鳥（ㄋㄧㄠ）。

夜（ㄧㄚˋ）　來（ㄌㄞ）　風（ㄈㄥ）　雨（ㄨˋ）　聲（ㄒㄧㄥ），

花（ㄏㄨㄚ）　落（ㄌㄠˋ）　知（ㄉㄧ）　多（ㄉㄛ）　少（ㄒㄧㄠˋ）？

註：◯內的注音，是語音比較用的。

037

靜ㄐㄧㄥˋ 夜ㄧㄚ˙ 思ㄙㄨ

李白

牀ㄘㄥˋ 前ㄐㄧㄢ 明ㄇㄧㄥˊ 月ㄨㄢ˙ 光ㄍㄥ，

疑ㄨㄧˊ 是ㄒㄧ 地ㄅㄝ˙ 上ㄒㄧㄜˋ 霜ㄙㄥ。

舉ㄍㄧ 頭ㄊㄜˊ 望ㄅㄤ 明ㄇㄧㄥˊ 月ㄨㄢ˙，

低ㄅㄝ 頭ㄊㄜˊ 思ㄙㄨ 故ㄍㄜˊ 鄉ㄒㄧㄜ。

登ㄉㄥ 鸛ㄍㄨㄢ 鵲ㄑㄧㄤ（ㄑㄧㄠ˙）樓ㄌㄛ（ㄌㄡˊ）

王之渙

白ㄅㄛˊ 日ㄖㄣˊ 依ㄧ 山ㄕㄢ 盡ㄐㄧㄣˋ，

黃ㄏㄛˊ 河ㄏㄜˊ 入ㄖㄨˊ 海ㄏㄞˇ 流ㄌㄡˊ（ㄌㄨˊ）。

欲ㄩˋ 窮ㄍㄛˊ 千ㄑㄧㄢ 里ㄌㄧˇ 目ㄇㄤˋ，

更ㄍㄥˋ 上ㄕㄤ 一ㄧ˙ 層ㄘㄛˊ（ㄗㄣˊ）樓ㄌㄛˊ（ㄌㄡˊ）。

註：◯內的注音，是語音比較用的。

清明

杜牧

清明時節雨紛紛，

路上行人欲斷魂。

借問酒家何處有，

牧童遙指杏花村。

註：⌒內的注音，是語音比較用的。

楓橋夜泊

張繼

月落烏啼霜滿天，

江楓漁火對愁眠。

姑蘇城外寒山寺，

夜半鐘聲到客船。

註：內的注音，是語音比較用的。

合字語尾音

（咱ㄗㄝ，我也）

你和我（俺）→ ㄚㄣ

（俺ㄚㄣ，我也）

你ㄌㄧ我ㄤㄨㄚ們（咱們）→ ㄌㄚㄤㄣ

他ㄧ們 → ㄧㄣ

阮，代字，我也

我ㄤㄨㄟ們 → ㄤㄨㄚㄣ → ㄤㄨㄟ

你ㄌㄧ們 → ㄌㄧㄣ

恁，代字

或取ㄌㄚㄣ的尾音（你等）

〔ㄣ取ㄇㄨㄣ的尾音ㄣ〕

探討有趣的單字尾疊音

烏(黑)	ㄛ	ㄙㄨ	ㄙㄨ	趀	白	ㄅㄞ	ㄙㄨㄣ ㄙㄨㄣ	哦
黑	ㄛ	ㄇㄛ	ㄇㄛ	暯	黃	ㄏㄨㄤ	ㄏㄜ ㄏㄜ	熇
黑	ㄛ	ㄇㄚ	ㄇㄚ	嘛	紅	ㄏㄨㄤ	ㄆㄚ ㄆㄚ	炊
黑	ㄛ	ㄅㄝ	ㄅㄝ	黛	紅	ㄏㄨㄤ	ㄆㄚ ㄆㄚ	炊
黑	ㄛ	ㄎㄩㄥ	ㄎㄩㄥ	黔	紅	ㄏㄨㄤ	ㄍㄠ ㄍㄠ	絳
白	ㄅㄞ	ㄑㄧ	ㄑㄧ	鮮	紅	ㄏㄨㄤ	ㄍㄟ ㄍㄟ	記
白	ㄅㄞ	ㄒㄧㄤ	ㄒㄧㄤ	皛(晰)	青	ㄑㄧㄥ	ㄙㄨㄥ ㄙㄨㄥ	愣(恂)
白	ㄅㄞ	ㄘㄤ	ㄘㄤ	蒼	青	ㄑㄧㄥ	ㄌㄥ ㄌㄥ	冷
白	ㄅㄞ	ㄆㄠ	ㄆㄠ	皅	青	ㄑㄧㄥ	ㄎㄛ ㄎㄛ	磕
白	ㄅㄞ	ㄆㄛ	ㄆㄛ	皤	金	ㄍㄧㄥ	ㄒㄧ ㄒㄧ	鑠

淥 ㄉㄚˋ ㄉㄜˊ
（濕）（澹）

澄 ㄉㄚˋ ㄍㄜˊ
幼 ㄧㄨˋ ㄇㄧˊ
赤 ㄑㄧㄚˋ ㄧㄚˊ ㄧㄚˋ
澘 ㄒㄧㄠˋ ㄉㄜˋ ㄅㄜˊ
靭 帀ㄨㄣˊ ㄅㄛˊ ㄅㄜˊ
（頑）
疼 ㄊㄚˊ ㄅㄨˋ ㄅㄨˋ
（痛）
矮 ㄝˋ ㄅㄧˊ ㄅㄧˋ
膨 ㄆㄛˊ ㄇㄞ ㄇㄞ
（脓）（胖）
釀 帀ㄤˊ ㄙㄨ ㄙㄚ
粗 ㄎㄛ ㄅㄤˋ ㄅㄤˋ
粗 ㄎㄛ ㄅㄝˊ ㄅㄝ
平 ㄅㄛˋ ㄅㄜ ㄆㄜˊ

糊 ㄍㄜˊ ㄍㄛˊ
咪 ㄇㄧ ㄧㄚ ㄧㄚˊ
焰（炎）
灑 ㄅㄜ ㄅㄛ
脯 ㄅㄛ
癬 ㄅㄨ
卑 ㄅㄧ
獅 ㄙㄞ
（圍）
耙（巴）
波

涸 ㄎㄜˋ
沈 ㄉㄤ ㄊㄧ ㄊㄧˊ
黐 ㄊㄧ ㄆㄨㄣ
朒 ㄙㄜˋ ㄙㄜˊ
洗 ㄙㄝ ㄇㄨˊ
物 ㄇㄨˋ
物 ㄇㄨˋ

篤 ㄅㄝˋ ㄅㄝ
覷 ㄉㄜ ㄜˊ
覷 ㄝˋ ㄝˊ ㄝˋ
覷 ㄝˋ ㄝˊ ㄝˋ

金 ㄍㄧㄇ
金 ㄍㄧㄇ ㄅㄤ
黏 ㄅㄧㄚ ㄊㄧ ㄅㄨㄣˋ
油 ㄧㄨˋ ㄇㄜ
油 ㄧㄨˋ ㄙㄝ ㄇㄨˋ
甜 ㄉㄧ ㄇㄨㄣ
甜 ㄉㄧ ㄇㄨㄣ
苦 ㄎㄛˋ ㄅㄝ ㄅㄝˋ
鹹 ㄍㄧㄇ ㄅㄛ ㄅㄜ
酸 ㄙㄥ ㄤˋ ㄤˊ
酸 ㄙㄥ ㄤㄨ ㄤㄨˊ
酸 ㄙㄥ ㄤㄨ ㄤㄨˋ
淡 ㄐㄧㄚ ㄅㄧ ㄅㄧ
（飷）（饞）

奕 ㄧˋ　　光 ㄍㄨㄤ
奕 ㄧˋ　　光 ㄍㄨㄤ
吱 ㄓ　　冷 ㄌㄥˇ
淌 ㄊㄤˇ　滾 ㄍㄨㄣˇ
烘 ㄏㄨㄥ　熱 ㄖㄜˋ
沸 ㄈㄟˋ　熱 ㄖㄜˋ
燙 ㄊㄤˋ　燒 ㄕㄠ
習(車)　　燒 ㄕㄠ
煞　　　暈 ㄩㄣ
忿(怫)(悖)　霧 ㄨˋ
差　　　氣 ㄑㄧˋ
誅 ㄓㄨ　氣 ㄑㄧˋ
　　　　氣 ㄑㄧˋ
　　　　胡(唬) ㄏㄨˊ

硯(碯)　　硬 ㄧㄥˋ
滲 ㄕㄣˋ　軟 ㄖㄨㄢˇ
筆　　　長 ㄔㄤˊ
趄　　　長 ㄔㄤˊ
閡　　　闊 ㄎㄨㄛˋ
擠　　　窄 ㄓㄞˇ
窄　　　狹 ㄒㄧㄚˊ
嶄　　　暗 ㄢˋ
嘆(暵)　暗 ㄢˋ
森　　　暗(陰) ㄢˋ
爍　　　光 ㄍㄨㄤ
炫　　　光 ㄍㄨㄤ
明　　　光 ㄍㄨㄤ
明　　　光 ㄍㄨㄤ

笑	ㄑㄧㄜ^	ㄖㄧ⌉	ㄖㄧ	嗼
笑	ㄑㄧㄜ^	ㄫㄧ⌉	ㄫㄧ	唭
笑	ㄑㄧㄜ^	ㄫㆦ⌉	ㄫㆦ	齴
笑	ㄑㄧㄜ^	ㄏㄧ⌉	ㄏㄧ	嘻
笑	ㄑㄧㄜ^	ㄏㄞ⌉	ㄏㄞ	頦(咍)
好	ㄏㄜˋ	ㄉㄤ⌉	ㄉㄤ	咚
滑	ㄍㄨㄣ°	ㄌㄧㄨ⌉	ㄌㄧㄨ	溜
滑	ㄍㄨㄣ°	ㄌㄧㄨˋ	ㄌㄧㄨ^	溜
脒	ㄎㄧㄨ⌉	ㄉㄝ°	ㄉㄝ•	
爽	ㄙㆲˋ	ㄨㆮ⌉	ㄨㆮ	(歪)
嬙	ㄙㄨㄧˋ	ㄉㄤ⌉	ㄉㄤ	嚐
刺	ㄑㄧ^	ㄫㄧㄚ⌉	ㄫㄧㄚˇ	夯
刺	ㄑㄧㄚ•	ㄅㄝ⌉	ㄅㄝˇ	耙(巴)
肥	ㄅㄨㄧˇ	ㄗㄨㄣ°	ㄗㄨㄣ•	滋
肥	ㄅㄨㄧˇ	ㄍㆮ°	ㄍㆮ•	嚣
肥	ㄅㄨㄧˇ	ㄍㄝ°	ㄍㄝ•	嚣
脆	ㄘㄝ^	ㄏㄨ⌉	ㄏㄨ	麩
香	ㄆㄤ	ㄍㆲˋ	ㄍㆲ^	絳
臭	ㄘㄠ^	ㄇㄛ⌉	ㄇㄛ	
乾(濮)	ㄉㄚ	ㄎㆲ•	ㄎㆲ°	垎(涸)
歹	ㄆㆮˋ	ㄑㄧㄥˋ	ㄑㄧㄥ⌉	銃
圓	ㆦˇ	ㄌㄧㄣˋ	ㄌㄧㄣ^	圞
圓	ㆦˇ	ㄌㄧㄣ⌉	ㄌㄧㄣ	圞
漏	ㄌㄠ⌉	ㄆㄝˋ	ㄆㄝ^	沛
漏	ㄌㄠ⌉	ㄘㄝˋ	ㄘㄝ^	泚
澀	ㄒㄧㄚㆬ•	ㄍㄨㆮ^	ㄍㄨㆮ°	
澀	ㄒㄧㄚㆬ•	ㄍㄨㄚ^	ㄍㄨㄚ°	呱
慢	ㄇㄢ⌉	ㄙㄜ⌉	ㄙㄜˇ	趖

搞糊糊　圈冇篤(觸)

橫冇泥(瀾)　俗磷穩

糟糊　籠㮯啁孜寂㑩離嘈㑩詿霸

亂躁穩　破直恬恬恬虛閌胃頭諏橫

人生必讀

壞事勸人休莫作

舉頭三尺有神明

善惡到頭終有報

只爭來早與來遲

一年之計在於春

一日之計在於寅

一家之計在於和

一生之計在於勤

父子和而家不退

兄弟和而家不分

有子之人貧不久

無子之人富不長

萬事不由人計較

一身都是命安排

命理有時終須有

命理無時到底無

貧乏求謀事難成

百計徒勞枉費心

屋漏更遭連夜雨

行船又被對頭風

有緣千里能相會

無緣對面不相逢

貧居鬧市無人識

富 在 深 山 有 遠 親

龍 游 淺 水 遭 蝦 戲

虎 落 平 洋 被 犬 欺

黃 河 尚 有 澄 清 日

豈 可 人 無 得 運 時

在 家 不 會 迎 賓 客

出 路 方 知 少 主 人

相 逢 不 飲 空 歸 去

洞口桃花也笑人

有錢有酒多兄弟

急難何曾見一人

人情似紙張張薄

世事如棋局局新

有意摘花花不發

無心插柳柳成蔭

畫虎畫皮難畫骨

知人知面不知心

相逢好似曾相識

到底終無怨恨心

逢人且說三分話

未可全拋一片心

錦上添花人人有

雪中送炭世間無

不信但看筵中酒

杯杯先勸有錢人

求人須求大丈夫

濟人須濟急時無

渴時一點如甘露

醉後添杯不如無

山中也有千年樹

世上難逢百歲人

世上若要人情好

賒　去　物　件　莫　取　錢

平　生　莫　作　皺　眉　事

世　上　應　無　切　齒　人

是　非　只　為　多　開　口

煩　惱　皆　因　強　出　頭

枯　木　逢　春　猶　再　發

人　無　兩　度　再　少　年

百　世　修　來　同　船　渡

千世修來共枕眠

父母恩深終須別。

夫妻義重也分離

人生似鳥同林宿。

大限來時各自飛

櫻花猶怕春光老

豈可教人枉度春

紅粉佳人休便老

風流才子莫教貧

大抵選他飢骨好

不搽紅粉也風流

牡丹花好空入目

棗花雖小結實成

近水樓台先得月

向陽花木早逢春

古人不見今時月

今月曾經照古人

馬行無力皆因瘦

人不風流只為貧

誰人背後無人說

那個人前不說人

易漲易退山溪水

易反易覆小人心

長江後浪催前浪

世上新人趕舊人

笋因落籜方成竹

魚為奔波始化龍

記得少年騎竹馬

看看又是白頭翁

月過十五光明少

人到中年萬事休

兒孫自有兒孫福

莫把兒孫做牛馬

乍富不知新受用

乍貧難改舊家風

知音說與知音聽

不是知音莫與談

三字經

人之初　性本善

性相近　習相遠

苟不教　性乃遷

教之道　貴以專

昔孟母　擇鄰處

子不學　斷機杼

竇燕山　有義方

教五子　名俱揚

養不教　父之過

教不嚴　師之惰

子不學　非所宜

幼不學　老何為

玉不琢　不成器

人不學　不知義

為人子　方少時

親師友　習禮儀

香ㄒㄧㄤ 九ㄐㄧㄡ 齡ㄌㄧㄥ　能ㄋㄥ 溫ㄨㄣ 席ㄒㄧ。

孝ㄒㄧㄠ 於ㄩ 親ㄑㄧㄣ　所ㄙㄨㄛ 當ㄉㄤ 執ㄓ。

融ㄖㄨㄥ 四ㄙ 歲ㄙㄨㄟ　能ㄋㄥ 讓ㄖㄤ 梨ㄌㄧ

弟ㄉㄧ 於ㄩ 長ㄓㄤ　宜ㄧ 先ㄒㄧㄢ 知ㄓ

首ㄕㄡ 孝ㄒㄧㄠ 弟ㄉㄧ　次ㄘ 見ㄐㄧㄢ 聞ㄨㄣ

知ㄓ 某ㄇㄡ 數ㄕㄨ　識ㄕ 某ㄇㄡ 文ㄨㄣ

一ㄧ 而ㄦ 十ㄕ。　十ㄕ 而ㄦ 百ㄅㄞ

百ㄅㄞ 而ㄦ 千ㄑㄧㄢ　千ㄑㄧㄢ 而ㄦ 萬ㄨㄢ

三才者　天地人
三光者　日月星
三綱者　君臣義
父子親　夫婦順
曰春夏　曰秋冬
此四時　運不窮
曰南北　曰西東
此四方　應乎中

曰水火　木金土

此五行　本乎數

曰仁義　禮智信

此五常　不容紊

稻粱菽　麥黍稷

此六穀　人所食

馬牛羊　雞犬豕

此六畜　人所飼

曰 喜 怒　　曰 哀 懼

愛 惡 慾。　七 情 具。

匏 土 革。　木 石 金。

與 絲 竹。　乃 八 音。

高 曾 祖　　父 而 身

身 而 子　　子 而 孫

自 子 孫　　至 元 曾

乃 九 族。　人 之 倫

父子恩　夫婦從

兄則友　弟則恭

長幼序　友與朋

君則敬　臣則忠

此十義　人所同

凡訓蒙　須講究

詳訓詁　明句讀

為學者　必有初

小學終　至四書
論語者　二十篇
群弟子　記善言
孟子者　七篇止
講道德　說仁義
作中庸　子思筆
中不偏　庸不易
作大學　乃曾子

自修齊　至平治
孝經通　四書熟
如六經　始可讀
詩書易　禮春秋
號六經　當講求
有連山　有歸藏
有周易　三易詳
有典謨　有訓誥

有誓命，書之奧。

我周公，作周禮。

著六官，存治體。

大小戴，註禮記。

述聖言，禮樂備。

曰國風，曰雅頌。

號四詩，當諷詠。

詩既亡，春秋作。

寓褒貶　別善惡
三傳者　有公羊
有左氏　有穀梁
經既明　方讀子
撮其要　記其事
五子者　有荀楊
文中子　及老莊
經子通　讀諸史

考世系，知終始。

自羲農，至黃帝。

號三皇，居上世。

唐有虞，號二帝。

相揖遜，稱盛世。

夏有禹，商有湯。

周文武，稱三王。

夏傳子，家天下。

四百載　遷夏社

湯伐夏　國號商

六百載　至紂亡

周武王　始誅紂

八百載　最長久

周轍東　王綱墜

逞干戈　尚游說

始春秋　終戰國

五ㄨㄛˋ　霸ㄅㄚˋ　強ㄍㄛˊ　　七ㄑㄧㄣ·　雄ㄏㄩˊ　出ㄔㄨ·

贏ㄧㄥˊ　秦ㄐㄧㄣˊ　氏ㄒㄧ　　始ㄙㄨˋ　兼ㄍㄧㄚ　併ㄅㄧㄥˋ

傳ㄊㄨㄢ　二ㄦ　世ㄙㄝˋ　　楚ㄔㄛ　漢ㄏㄢˋ　爭ㄐㄧ

高ㄍㄛ　祖ㄗㄛˋ　興ㄏㄧ　　漢ㄏㄢˋ　業ㄧㄚㆬ　建ㄍㄧㄢˋ

至ㄐㄧˋ　孝ㄏㄠˋ　平ㄅㄧㄥˊ　　王ㄛˊ　莽ㄇㄥ　篡ㄘㄨㄢˋ

光ㄍㄛ　武ㄇㄨˋ　興ㄏㄧ　　為ㄨㄧˋ　東ㄅㄛ　漢ㄏㄢˋ

四ㄙㄨˋ　百ㄅㄧㄥ·　年ㄌㄧㄢˊ　　終ㄐㄛ　於ㄧ　獻ㄏㄧㄢˋ

魏ㄨㄧ　蜀ㄒㄧㄛ·　吳ㄨㄛˊ　　爭ㄐㄧ　漢ㄏㄢˋ　鼎ㄅㄧㄥˋ

號三國　迄兩晉

宋齊繼　梁陳承

為南朝　都金陵

北元魏　分東西

宇文周　與高齊

迨至隋　一土宇

不再傳　失統緒

唐高祖　起義師

079

除 隋 亂　　創 國 基
二 十 傳　　三 百 載
梁 滅 之　　國 乃 改
梁 唐 晉　　及 漢 周
稱 五 代　　皆 有 由
炎 宋 興　　受 周 禪
十 八 傳　　南 北 混
遼 與 金　　皆 稱 帝

元滅金，絕宋世。

輿圖廣，超前代。

九十年，國祚廢。

太祖興，國大明。

號洪武，都金陵。

迨成祖，遷燕京。

十六世，至崇禎。

闖亂後，寇內訌。

闖（ㄔㄨㄤˇ）逆（ㄋㄧˋ）變（ㄅㄧㄢˋ）　神（ㄒㄧㄣ）器（ㄎㄧˋ）終（ㄐㄧㆦ）

清（ㄑㄧㄥ）順（ㄕㄨㄣˋ）治（ㄉㄧˋ）　據（ㄍㄨˋ）神（ㄒㄧㄣ）京（ㄍㄧㄥ）

至（ㄐㄧˋ）十（ㄒㄧㆬ）傳（ㄊㄨㄢ）　宣（ㄙㄨㄢ）統（ㄊㄛˋ）遜（ㄙㄨㄣˋ）

舉（ㄍㄧˋ）總（ㄗㄨㄥˋ）統（ㄊㄛˋ）　共（ㄍㄛㄥˋ）和（ㄏㄛ）成（ㄒㄧㄥ）

復（ㄏㄨㄛˋ）（ㄏㄨˋ）漢（ㄏㄢˋ）土（ㄊㄛˋ）　民（ㄇㄧㄣ）國（ㄍㄛ˙）興（ㄏㄧㄥ）

廿（ㄋㄧㄚˋ）二（ㄖㄧ）史（ㄙㄨˋ）　全（ㄗㄨㄢ）在（ㄗㄞˋ）茲（ㄗㄨ）

載（ㄗㄞˋ）治（ㄉㄧˋ）亂（ㄌㄨㄢˋ）　知（ㄉㄧ）興（ㄏㄧㄥ）衰（ㄙㄨㄞ）

讀（ㄊㄛˋ）史（ㄙㄨˋ）者（ㄐㄧㄚˋ）　考（ㄎㄛˋ）實（ㄒㄧㄣˋ）錄（ㄌㄛˋ）

通古今　若親目
口而誦　心而惟
朝於斯　夕於斯
昔仲尼　師項橐
古聖賢　尚勤學
趙中令　讀魯論
彼既仕　學且勤
披蒲編　削竹簡

083

彼無書　且知勉

頭懸梁　錐刺股

彼不教　自勤苦

如囊螢　如映雪

家雖貧　學不輟

如負薪　如掛角

身雖勞　猶苦卓

蘇老泉　二十七

始發憤　讀書籍

彼既老　猶悔遲

爾小生　宜早思

若梁灝　八十二

對大廷　魁多士

彼既成　眾稱異

爾小生　宜立志

瑩八歲　能詠詩

泌七·歲　能賦碁

彼穎悟　人稱奇

爾幼學　當效之

蔡文姬　能辨琴

謝道韞　能詠吟

彼女子　且聰敏

爾男子　當自警

唐劉晏　方七·歲

舉神童　作正字

彼雖幼　身己仕

爾幼學　勉而致

有為者　亦若是

犬守夜　雞司晨

苟不學　曷為人

蠶吐絲　蜂釀蜜

人不學　不如物

幼ㄧㄨˋ 而ㄦˊ 學ㄏㆰ。　壯ㄗㆲˋ 而ㄦˊ 行ㄏㄧㄥˊ

上ㄒㄧㆲˇ 致ㄉㄧˋ 君ㄍㄨㄣ　下ㄏㄚˇ 澤ㄉㆤ・ 民ㄇㄧㄣˊ

揚ㄧㆦˊ 名ㄇㄧㄥˊ 聲ㄒㄧㄥ　顯ㄏㄧㄢˋ 父ㄏㄨˇ 母ㄇㄜˋ

光ㄍㆭ 於ㄧ 前ㄐㄧㄢˊ　裕ㄧㄨˇ 於ㄧ 後ㄏㆦˇ

人ㄦㄧㄣˊ 遺ㄨㄧˊ 子ㄗㄨˋ　金ㄍㄧㅁ 滿ㄇㄨㄚˋ 籯ㄧㄥˊ

我ㄜㆦˋ 教ㄍㄠˋ 子ㄗㄨˋ　惟ㄨㄧˊ 一ㄧㄣ・ 經ㄍㄧㄥ

勤ㄎㄧㄣˊ 有ㄧㄨˋ 功ㄍㆲ　戲ㄏㄧˋ 無ㄇㄨˊ 益ㄧㄥ・

戒ㄍㄞˋ 之ㄐㄧ 哉ㄗㄞ　宜ㄜㄧˊ 勉ㄇㄧㄢˋ 力ㄌㄧㄥ。

新三字經

人之初　　性本善

到老年　　求平安

世間事　　難萬全

別失落　　順自然

窗外事　　淡如煙

無欲求　　瀟灑點

莫比攀　　化恩怨

每一天　少窩家　成傻瓜　樂開花　說說話　錢要花　更老啦　眼也花

快樂過　多聚會　窩在家　走出去　找朋友　歡喜的　別說等　耳也聾

衣再好　沒有牙
錢再多　床上趴
抓緊了　別犯傻
快樂活　笑哈哈
到老年　體質變
易生病　防在先
講養生　順自然
不信神　不求仙

命（ㄇㄧㄚ）在（ㄗㄞ）我（兀ㄛˋ）　不（ㄅㄨˋ）在（ㄗㄞ）天（ㄊㄢ）

信（ㄒㄧㄣˋ）科（ㄎㄜ）學（ㄏㄤˋ）　不（ㄅㄨˋ）走（ㄗㄠ）偏（ㄆㄧㄢ）

常（ㄒㄧㆲˊ）鍛（ㄊㄨㄢˋ）煉（ㄌㄧㄢˋ）　意（ㄧˋ）誌（ㄐㄧˋ）（志）堅（ㄍㄧㄢ）

活（ㄨㄚ˙）百（ㄅㄚˋ）歲（ㄏㆤˋ）　也（ㄧㄚˋ）不（ㄅㄨˋ）難（ㄌㄢˊ）

日（ㆢㄧˋ）三（ㄙㄚㆬ）餐（ㄘㄢ）　葷（ㄏㄨㄣ）素（ㄙㆦˋ）鮮（ㄒㄧㄢ）

粗（ㄘㆦ）細（ㄙㆤˋ）糧（ㄌㄧㆭˊ）　搭（ㄉㄚˋ）配（ㄆㄨㆤ）全（ㄗㄨㄢˋ）

多（ㄉㆦ）咀（ㄗㄜˋ）嚼（ㄐㄧㄜ˙）　宜（兀ㄧˋ）慢（ㄇㄢ）咽（ㄧㄢˋ）

七（ㄑㄧˋ）分（ㄏㄨㄣ）飽（ㄅㄚˋ）　控（ㄎㆲˋ）糖（ㄊㆭˊ）鹽（ㄧㆰˋ）

養花鳥　興趣添

練書畫　腦不癱

遊山水　逛公園

多走動　筋骨展

莫熬夜　保睡眠

當活動　三高減

重食療　病不纏

持之恆　年壽延

老ㄌㄠ 來ㄌㄞ 閑ㄏㄢ　家ㄍㄚ 為ㄨㄟ 先ㄒㄧㄢ

家ㄍㄚ 庭ㄉㄧㄥ 和ㄏㄛ　福ㄏㄛ˙ 壽ㄒㄧㄨ 添ㄊㄧㄥ

夫ㄈㄨ 妻ㄑㄧㄝ 好ㄏㄛ　不ㄅㄨ˙ 羨ㄒㄧㄢ 仙ㄒㄧㄢ

子ㄗㄨ 女ㄌㄨ 孝ㄏㄠ　心ㄒㄧㄇ 裡ㄌㄧ 甜ㄉㄧㄇ

遇ㄍㄨ 分ㄏㄨㄣ 岐ㄍㄧ　少ㄒㄧㄛ 爭ㄐㄧㄥ 辯ㄅㄧㄢ

起ㄎㄧ 爭ㄐㄧㄥ 執ㄐㄧㄇ　讓ㄋㄧㄨ 著ㄉㄧㄛ˙ 點ㄉㄧㄇ

兒ㄖㄧ 孫ㄙㄨㄣ 事ㄙㄨ　莫ㄇㄛ˙ 武ㄇㄨ 斷ㄉㄨㄢ

講ㄍㄠ 民ㄇㄧㄣ 主ㄗㄨ　不ㄅㄨ˙ 包ㄅㄠ 辦ㄅㄢ

家務活　分擔點

多關心　問寒暖

教子女　品德賢

和睦處　合家歡

年再高　潮流趕

用電腦　手機玩

博客逛　微信翻

新老人　來推薦

老ㄌㄠ 同ㄉㄤ 學ㄜ。

老ㄌㄠ 戰ㄐㄢ 友ㄨ

打ㄉㄚ 打ㄉㄚ 字ㄒㄜ

傳ㄊㄨㄢ 圖ㄉㄛ 片ㄆㄧ

各ㄍㄜ。信ㄒㄧㄣ 息ㄒㄧ。

真ㄐㄧㄣ 和ㄏㄚㄇ 假ㄍㄜ

多ㄉㄜ 分ㄏㄨㄣ 享ㄏㄤ

少ㄐㄧㄜ 牢ㄌㄜ 騷ㄙㄜ

全ㄗㄨㄢ 在ㄗㄞ 線ㄙㄨㄚ

相ㄒㄧㄜ 見ㄍㄧㄢ 歡ㄏㄨㄢ

聊ㄌㄠ 聊ㄌㄠ 天ㄊㄧㄢ

笑ㄑㄜ 開ㄎㄞ 顏ㄢ

網ㄇㄤ 上ㄒㄧㄜ 傳ㄊㄨㄢ

自ㄗㄨ 己ㄍㄧ 辨ㄅㄢ

很ㄏㄛ 方ㄏㄜ 便ㄅㄢ

多ㄉㄜ 點ㄉㄚㄇ 贊ㄗㄢ

笑一笑 十年少

愁一愁 白了頭

惱一惱 催人老

跑一跑 身體好

心胸寬 不急躁

閒雜事 不計較
(間)

樂陶陶 情緒高

經常笑 百病消

該ㄍㄞ 吃ㄐㄧㄚ。 吃ㄐㄧㄚ。　該ㄍㄞ 玩ㄨㄢˊ 玩ㄨㄢˊ

不ㄅㄨ˙ 懼ㄍㄧ 老ㄌㄠ　心ㄒㄧㆬ 樂ㄌㄜ。 觀ㄍㄨㄢ

三ㄙㆩ 字ㄐㄧˋ 經ㄍㄧㄥ　記ㄍㄟˋ 心ㄒㄧㆬ 田ㄉㄢˊ

把ㄅㄚ 老ㄋㄛ 年ㄋㄧˊ　變ㄅㄢ 玩ㄨㄢˊ 年ㄉㄢˊ

夕ㄒㄧㄥ。 陽ㄧㄜ 美ㄇㄧ　霞ㄏㆰ 滿ㄇㄨㄚ 天ㄊㄢ

心ㄒㄧㆬ 快ㄎㄨㄞˋ 樂ㄌㄜ。　百ㄅㄚ˙ 歲ㄏㆤˋ 歡ㄏㄨㆩ

給ㄍㄧ˙ 千ㄑㄢ 金ㄍㄧㆬ　也ㄧㆤ 不ㄅㄨ˙ 換ㄏㄨㆩˋ

同ㄉㄛˊ 意ㄧˋ 滴ㄉㄧ˙　微ㄇㄨㄧˇ 信ㄒㄧㄣˋ 傳ㄊㄨㄢˊ

註：（一）新三字經為轉載清華大學校友群周堅發的
　　　　　三字歌，加以漢音注音。
　　　（二）本篇注音偏重於台語發音。

參考書目

1. 林正三　閩南語聲韻學
2. 吳守禮　台語正字
3. 沈富進　增補彙音寶鑑

國家圖書館出版品預行編目資料

漢音注音符號系統——閩南語篇／鄭煌榮著.
　　-- 初版. -- 臺北市：五南圖書出版股份有
　　限公司, 2020.04
　　　面；　公分

　　ISBN 978-957-763-899-1（平裝）

　　1.閩南語　2.漢語拼音　3.注音符號

802.5232　　　　　　　　　109002015

4X1R

漢音注音符號系統——閩南語篇

作　　者 ― 鄭煌榮

發 行 人 ― 楊榮川

總 經 理 ― 楊士清

總 編 輯 ― 楊秀麗

副總編輯 ― 黃文瓊

責任編輯 ― 吳雨潔

封面設計 ― 王麗娟

出 版 者 ― 五南圖書出版股份有限公司

地　　址：106台北市大安區和平東路二段339號4樓

電　　話：(02)2705-5066　　傳　　真：(02)2706-6100

網　　址：https://www.wunan.com.tw

電子郵件：wunan@wunan.com.tw

劃撥帳號：01068953

戶　　名：五南圖書出版股份有限公司

法律顧問　林勝安律師事務所　林勝安律師

出版日期　2020 年 4 月初版一刷
　　　　　2022 年 10 月初版二刷

定　　價　新臺幣250元

經典永恆・名著常在

五十週年的獻禮 —— 經典名著文庫

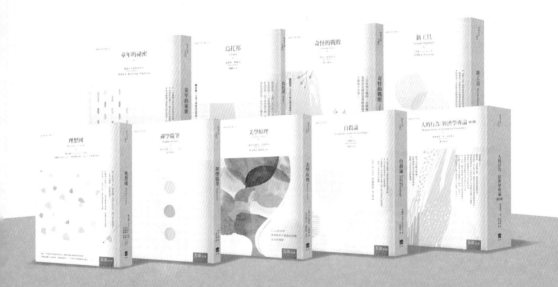

五南，五十年了，半個世紀，人生旅程的一大半，走過來了。

思索著，邁向百年的未來歷程，能為知識界、文化學術界作些什麼？

在速食文化的生態下，有什麼值得讓人雋永品味的？

歷代經典・當今名著，經過時間的洗禮，千錘百鍊，流傳至今，光芒耀人；

不僅使我們能領悟前人的智慧，同時也增深加廣我們思考的深度與視野。

我們決心投入巨資，有計畫的系統梳選，成立「經典名著文庫」，

希望收入古今中外思想性的、充滿睿智與獨見的經典、名著。

這是一項理想性的、永續性的巨大出版工程。

不在意讀者的眾寡，只考慮它的學術價值，力求完整展現先哲思想的軌跡；

為知識界開啟一片智慧之窗，營造一座百花綻放的世界文明公園，

任君遨遊、取菁吸蜜、嘉惠學子！